coleção dó·ré·mi·fá

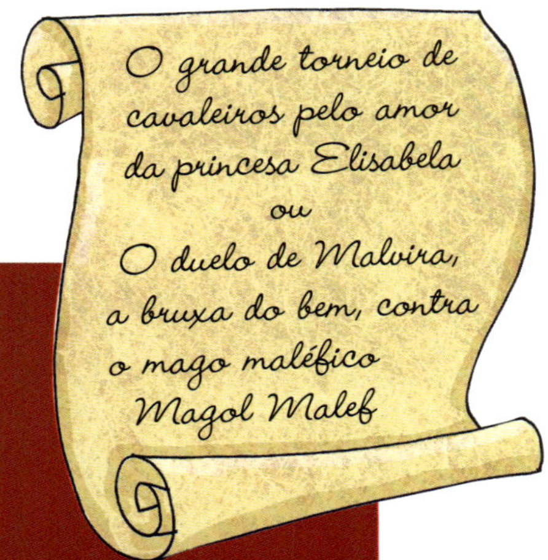

A HORRÍVEL HISTÓRIA DE HORROROLDO

Luiz Roberto Guedes

ilustrações de Orlando

editora scipione

Coordenação editorial
Adilson Miguel

Editora assistente
Bruna Beber

Revisão
Gislene de Oliveira
Lilian Ribeiro de Oliveira

Edição de arte
Marisa Iniesta Martin

Diagramação
Josias Silva
Fábio Cavalcante

Programação visual de capa e miolo
Aída Cassiano

editora scipione

Avenida das Nações unidas, 7221
CEP 05425-902 – São Paulo – SP

ATENDIMENTO AO CLIENTE
Tel.: 4003-3061

www.aticascipione.com.br
atendimento@aticascipione.com.br

2017
ISBN 978-85-262-8543-9 – AL

Cód. do livro CL: 737928
CAE: 266376 - AL

1.ª EDIÇÃO
5.ª impressão

Impressão e acabamento
Bartira

Dados Internacionais de Catalogação na Publicação (CIP)
(Câmara Brasileira do Livro, SP, Brasil)

Guedes, Luiz Roberto

A horrível história de Horroroldo / Luiz Roberto Guedes; ilustrações de Orlando. – São Paulo: Scipione, 2011. (Coleção Dó-ré-mi-fá)

1. Literatura infantojuvenil. I. Orlando. II. Título. III. Série.

11-06781 CDD-028.5

Índices para catálogo sistemático:
1. Literatura infantil 028.5
2. Literatura infantojuvenil 028.5

Este livro foi composto em Adobe Garamond e Frutiger
e impresso em papel Couché 115g/m².

MISTO
Papel produzido a partir de fontes responsáveis
FSC® C122026

Para Sophia e Liam.

Era uma vez um ogro chamado Horroroldo.

Feioso como todo ogro: pele verde, cara de bicho-papão e dentões enormes, uns dez ou doze. Normal, papel de ogro em conto de fadas é ser medonho mesmo.

Mas Horroroldo não queria ser Horroroldo para sempre. Queria ser um belo príncipe e conquistar o amor de uma linda princesa. Ficava sentado à beira do lago, no Bosque das Corujas, sonhando acordado. De repente, via sua cara refletida na água e dava um grito:

– Ai! Que susto! Será que existe outro ogro tão feio quanto eu?

Os sapos em volta respondiam:

– Não, não, não, não, não.

Numa cabana no Bosque dos Corvos…

Numa cabana no Bosque dos Corvos, a jovem bruxa Malvira estava observando o que se passava em sua bola de cristal. E quem passava era o belo cavaleiro Dom Rodoval De Camelantiis, montado em seu cavalo branco. Atrás dele, numa mula preta, vinha seu fiel escudeiro, Fidélio.

Malvira comentou com a gata pousada em seu ombro:

– Mas que bonitão esse Rodoval, hein, Salomé? Ainda vou fazer esse cavaleiro se apaixonar por mim! Espere só pra ver!

Em vez de esperar, Dom Rodoval fez seu cavalo disparar num galope.

– Ué, Salomé… Aonde ele vai com tanta pressa?

Malvira entendeu o motivo da correria quando viu uma faixa na estrada:

Rodoval De Camelantiis estava ansioso para arrasar no torneio de cavaleiros. Um campeonato de combates simulados em que os adversários iam se arrebentar de tanto dar e levar pancada.

Ah, mas ia valer a pena. O prêmio para o vencedor era a mão da princesa Elisabela de Azulanda, filha do rei Olerico. A mão e a moça toda! Olerico daria a princesa como esposa ao grande vencedor.

Rodoval queria chegar logo a Azulanda para descansar bastante antes de começar a pancadaria. Apressou seu cavalo e seu escudeiro:

– Vamos, Campeão! Mais rápido! Mais depressa, Fidélio!

Fidélio inclinou o corpo e cochichou na orelha da mula:

– Vambora, Rosamunda… Olha lá o Campeão! Corre atrás do raio desse cavalo! Vamos lá, você pode! Mostra pra ele que você tem raça!

Apesar de toda essa motivação, Rosamunda continuou no mesmo passo, com sua carga pesada: armadura, escudo, espada, machado, lança, maça e outras tralhas de cavaleiro andante. Campeão acelerou no pocotó e sumiu na poeira.

No castelo real de Azulanda...

O rei Olerico estava na muralha do castelo contemplando o local onde seria realizado o torneio. A grande arena e as arquibancadas já tinham sido construídas.

– Esse torneio vai ser ótimo para o nosso reino... Vai vir gente de toda parte para ver os jogos, vamos ganhar rios de dinheiro! E ainda bem, pois a situação do tesouro real de Azulanda não está nada azul. Tomara que o vencedor seja o príncipe mais rico de todos! E tem que ser, pra merecer a mão de minha filha!

Em seus aposentos, a bela princesa Elisabela estava pensativa diante do espelho.

– Mas que ideia essa do papai de me arranjar um casamento... Ele diz que eu preciso me casar com um príncipe muito rico. Rico, tudo bem, mas... e se o ganhador do torneio for um príncipe feio, desengonçado, chato, paspalhão? Ah, minha fada madrinha, que horror...

Nesse instante – puf! –, surgiu no espelho a figura de uma garota morena. Uma longa franja azul cobria seu olho direito.

– Aí, princesa, tudo beleza?

Elisabela tomou um baita susto, mas fez pose de princesa:

– Quem é você?

– Eu sou Malvira, a nova bruxa da nova era. Estava aqui por perto e ouvi você reclamando da vida.

– Isso é incrível! Quando eu era menina, quem aparecia nesse espelho era minha fada madrinha, a Malzira.

– Pois é, Malzira é minha tia. Mas ela viajou pra um reino de primeiro mundo. Pode ser que nem volte. Você vai ter que se virar comigo.

– Como é que uma fada pode ter uma sobrinha bruxa?

Malvira começou a perder a paciência com a princesa perguntadeira:

– Porque assim os contos de fadas ficam mais divertidos, não é? Posso ajudar em alguma coisa?

– Ora, eu nunca ouvi falar de bruxa que realiza os pedidos das pessoas e das princesas…

– É que eu devo uns favores pra tia Malzira, entendeu? E ela me fez prometer que eu ia atender aos caprichos da princesinha aí. Então, o que é que manda?

– Que coisa original! Uma bruxa do bem!

– Também não exagera, né, princesa? Fala logo o que a bonitinha quer.

Elisabela explicou que queria se casar com um príncipe bonito e charmoso, tudo de bom. Malvira alisou sua franja azul e falou:

– Deixa ver… Bem, quando todos os cavaleiros chegarem, você escolhe os três mais bonitões, e eu dou um jeito pra que eles sejam os finalistas do torneio. E aí… que vença o melhor! Está bom assim?

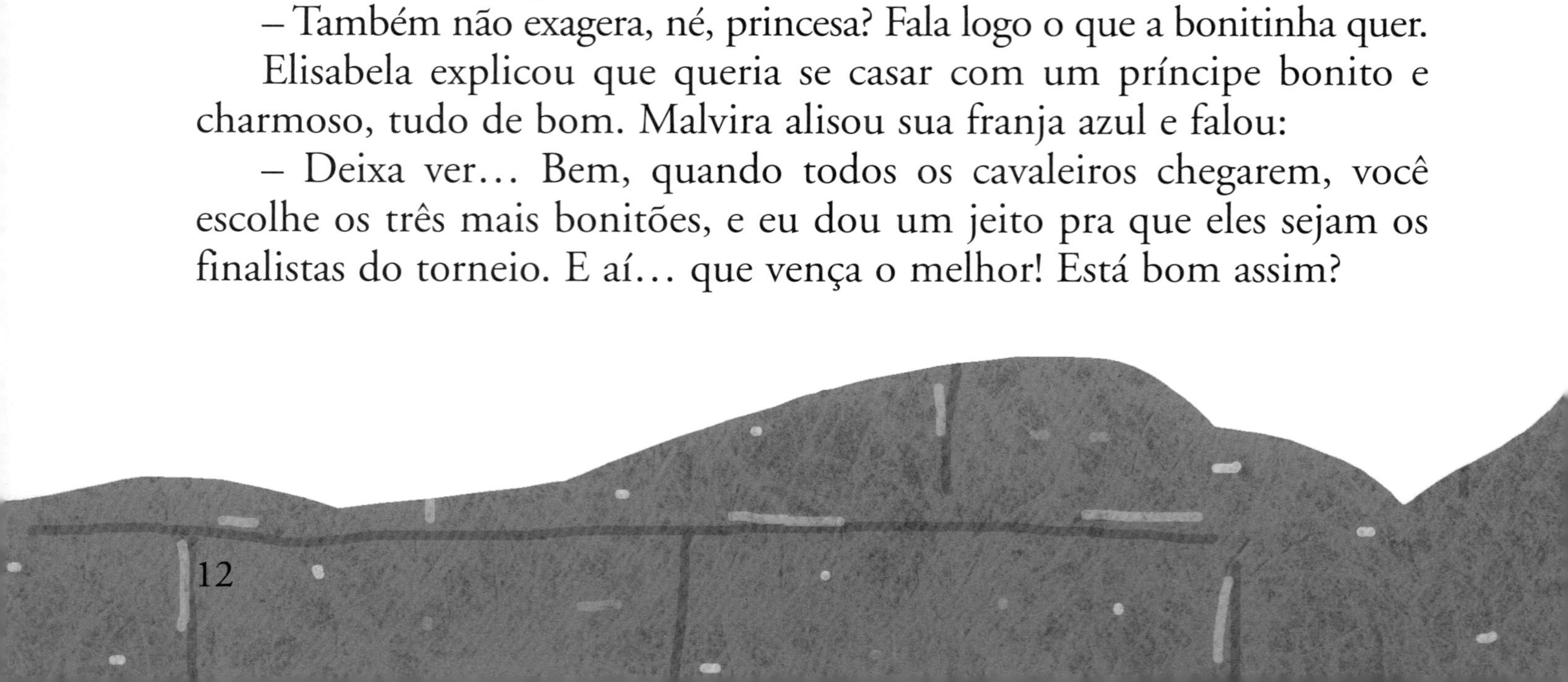

Elisabela mordiscou a ponta do dedo mindinho:

– Será? Sabe, tenho medo que o meu futuro marido vença a luta, mas acabe todo desconjuntado, com a cara amassada, faltando um pedaço...

– Aí você já tá querendo demais, né, garota? Esses caras vão vir pra cá pra se matar por sua causa! Isso é o esporte deles!

Elisabela fez uma carinha aflita de quem já estava vendo seu príncipe sem um braço, uma perna, uma mão, uma orelha, um olho.

Malvira tentou pegar mais leve:

– Tá bom, vou ver o que posso fazer. Agora, com licença, tenho muito trabalho. Tenho que fazer um tratamento de beleza num ogro. Pensa que a minha vida é fácil? Eu é que sei! Nem todo mundo tem vidinha de princesa, sabia?

E – puf! – desapareceu. Elisabela ficou encantada:

– Nossa, que incrível! Aposto que sou a única princesa do mundo dos contos de fadas que tem uma bruxa madrinha! Meio desbocada, mas, tudo bem, gostei dela.

Numa caverna da Montanha do Dragão…

Numa caverna secreta na Montanha do Dragão, o mago maléfico Magol Malef estava de olho em sua bola de cristal, xeretando a conversa da princesa Elisabela com a bruxa Malvira. Ao saber que Elisabela sonhava com um cavaleiro bonitão, Malef rosnou:

– Essa bruxa madrinha enxerida não vai atrapalhar meus planos! Ela não pode enfrentar o mais maléfico dos magos – eu, Magol Malef! Nada impedirá minha vitória! Elisabela será minha! Basta que eu me transforme num belo cavaleiro! E isso é moleza para o maioral dos magos! *Amabo Karabum!*

Um trovão estrondou e Malef sumiu numa fumaça negra. Apareceu em seu lugar um senhor príncipe, com capa dourada e chapéu chique, adornado com uma longa pluma vermelha. Ele fez uma mesura diante da bola de cristal e disse:

– Graciosa princesa, sou o príncipe Blauro de Maldragón. Seu futuro marido.

E estalou uma gargalhada supermaléfica. Depois, voltou-se para seus bichos de estimação – o lobo, o morcego e o corvo – e pronunciou as palavras mágicas:

– *Amabo Karabum!*

E, puf!, puf!, puf! Transformou o corvo em seu pajem, o morcego em escudeiro e o lobo em mestre de armas.

Blauro de Maldragón ajeitou seu chapelão na frente do espelho.

O Pajem atreveu-se a perguntar:

– Patrão, o senhor precisa mesmo de tanta gente assim pra essa viagenzinha?

Fazendo pose de manequim de vitrine, Blauro falou:

– Um príncipe da minha categoria não pode andar por aí desacompanhado. Não fica bem.

Começa o festival de bordoadas!

Chegou o primeiro dia do torneio. Arquibancadas lotadas, multidão espremida em volta da arena. O rei Olerico e suas filhas Elisabela e Elizelda estavam sentados num alto palanque. Um arauto explicou ao povo que história era aquela de torneio "moderno":

– É o seguinte, gente boa de Azulanda e distintos visitantes: Sua Santidade, o Papa, anda reclamando que muitos cavaleiros estão morrendo nesses combates simulados. Porque armas de verdade matam de verdade. E aí, Sua Alteza Real, o misericordioso Olerico de Azulanda, teve a ideia de fazer um torneio moderno: agora os cavaleiros lutarão com armas de madeira. Assim, ninguém se machuca muito. Bom torneio pra vocês!

A multidão urrou, decepcionada:

– AAAAAAAAAH!

– Um torneio sem sangue?

– Sem ossos quebrados?

– Sem cabeças voando pelo ar?

– Que graça tem?

– Ah, que chato!

Os primeiros cavaleiros entraram em campo para combater homem a homem ou por equipes. E tome bordoada! Ao lado da arena estava a equipe de socorro, pronta para retirar os feridos em padiolas. Porque arma de madeira tanto bate até que racha. E quebra.

Enquanto a madeira lascava na arena, Elisabela olhava os cavaleiros que aguardavam sua vez de entrar em combate.

– Estão todos usando os elmos, com a viseira abaixada... Como vou poder escolher meus favoritos? Mas cadê a Malvira, hein? Ela já devia estar aqui!

A voz de Malvira cochichou no ouvido da princesa:

– Estou aqui, bonitinha, mas estou usando a minha capa mágica, que me torna invisível, entendeu? Você quer ver as caras dos cavaleiros? Olha lá! – Malvira soprou uma palavra mágica e todos os cavaleiros tiraram seus elmos.

– Quem é aquele? – Elisabela apontou para um loiro, de olhos azuis.

– Príncipe Vladislau da Traquitânia – Malvira informou. – Quer que eu dê uma força pra ele? Tudo bem.

– E aquele lá, com a capa dourada, quem é? – a princesa continuou.

– Príncipe Blauro de Maldragón. Hum... não fui com a cara desse sujeito. Vai querer mesmo esse aí? Tá bom, anotei.

– E aquele outro ali, alto, forte, com um camelo gravado no escudo?

– Esse? – Malvira vacilou um instante. – Ah, escolhe outro, princesa. Tem tanto cavaleiro... Não achei graça nesse aí, não.

– Não, eu quero esse mesmo. Como é o nome dele?

– É... Rodoval. Rodoval De Camelantiis.

Os padioleiros não se cansavam de carregar os combatentes escangalhados para fora da arena. Invisível sob sua capa mágica, Malvira cuidava para que os três bonitões da princesa não sofressem nem um arranhãozinho.

– Como dá trabalho ser uma bruxa do bem! – ela resmungava.

Depois de dias e dias de quebra-quebra de cabeças e ossos, restaram três cavaleiros: Blauro, Rodoval e Vladislau.

Quando Blauro e Rodoval entraram na arena para combater, Malvira sussurrou no ouvido de Elisabela:

– Agora vamos deixar esses dois resolverem a coisa no braço, tá certo, bonitinha? Que vença o melhor.

O grande combate: Blauro X Rodoval

E o quebra-pau rachou por horas e horas. Nem Blauro nem Rodoval davam o menor sinal de cansaço. Mas o povo, nas arquibancadas, sim. O sol já ia se deitar, e os dois continuavam trocando poderosas porretadas.

– Que chatice – Elisabela bocejou. – Dá um jeito de acabar logo com isso, Malvirinha.

Antes que a bruxa pudesse dizer qualquer palavra mágica, a espada de Blauro fez voar o elmo de Rodoval. O golpe feriu a testa do cavaleiro. Começou a escorrer um sangue verde.

– Com mil escorpiões! – Blauro rugiu. – Seu sangue é verde? Por acaso… você é um ogro? Só pode ser! *Karabo Marabum*!

E a espada de Blauro atirou contra Rodoval um raio cor de brasa. Puf!

Rodoval desapareceu. Em seu lugar surgiu uma enorme criatura verde. Dez mil bocas gritaram:

– É Horroroldo, o ogro!

Era ele mesmo. Morto de vergonha por ter sido desmascarado. Ou desencantado. Blauro atirou mais um raio em cima dele:

– Volte já pro seu brejo, seu mondrongo!

E zum!, um grande ciclone negro envolveu Horroroldo e o levou rodopiando pelos ares.

– O que é isso? – o rei Olerico ficou pasmo. – Esse Blauro é um mago! Mas que ousadia! Só pode ser o maligno Magol Malef!

– Ah, eu não vou me casar com nenhum Magol Malef! – Elisabela foi logo avisando.

Olerico tomou uma decisão soberana:

– O senhor está desclassificado, príncipe Blauro ou seja lá quem for! Pode dar o fora! Torneio de cavaleiros não é lugar para impostores!

O arrogante Blauro ainda ousou desacatar Sua Majestade:

– Exijo meu direito de enfrentar Vladislau da Traquitânia!

Malvira tirou sua capa mágica, apareceu de repente e acabou com o bate-boca:

– Exige uma ova! Passa fora logo, seu cara de urubu com bigode! *Maraka Baburama*!

Puf! Na arena, surgiram Magol Malef e seus bicharocos: o lobo, o morcego e o corvo. E zum!, um ciclone negro envolveu os quatro e os arrastou rodopiando para bem longe.

– Acabou o torneio! – declarou Olerico. – O vencedor é Vladislau da Traquitânia. Está bom pra você, minha filha?

– Beleza, papai. Gostei.

O cavaleiro que caiu do cavalo

De volta a sua cabana, Malvira tinha um hóspede convalescente para cuidar: o cavaleiro Rodoval De Camelantiis. Ele mesmo, espichado numa cama, com as pernas quebradas e um braço enfaixado.

A seu lado, seu fiel escudeiro Fidélio lhe dava uma sopinha na boca. Deitada a seus pés, estava a gata Salomé.

– Sente-se melhor, Dom Rodoval? – Malvira perguntou.

– Ai, estou um caco, mocinha. Como é que eu fui cair do cavalo daquele jeito? Se não fosse Fidélio encontrar sua cabana e você nos acolher, não sei o que seria de mim… Que azar! Eu tinha tudo pra vencer o torneio de Azulanda… Por falar nisso, você sabe quem ganhou?

– Um tal de Vladislau da Traquitânia. Um cara de bolacha sem sal.

Rodoval teve um chilique:

– O Vladislau?! Aquele molenga? Ora, eu sou muito melhor cavaleiro do que ele! Não tem nem comparação! Esse torneio era meu!

– Nem tudo está perdido, Rodoval… Ano que vem tem um novo torneio, e o rei Olerico vai dar como prêmio a mão de sua filha mais nova, Elizelda.

– Ah, é? Tanto melhor. Assim que eu puder andar de novo, vamos começar a treinar duro, meu bom Fidélio!

Malvira abriu um sorriso encantador:

– E daqui até lá… você pode se apaixonar por outra garota, não é, meu cavaleiro?

A gata Salomé deu uma lambidinha carinhosa no pezão de Rodoval.

E foi isso que aconteceu com Dom Rodoval de Camelantiis a caminho de Azulanda.

O cavalo Campeão se assustou com uma cobrinha que atravessou a estrada a sua frente, empinou e derrubou seu cavaleiro, que caiu de muito mau jeito.

E se você está pensando que Malvira teve alguma coisa a ver com isso, não teve, não. Foi acidente mesmo.

Mas foi ela, sim, quem transformou o ogro Horroroldo num cavaleiro que era a cara de Rodoval De Camelantiis. Também, ele insistiu tanto que queria ser um príncipe, competir no torneio, conquistar a princesa... deu no que deu.

A verdade é que nem mesmo uma bruxa pode controlar todos os acontecimentos o tempo todo. Mesmo que seja uma bruxa do bem.

De volta ao Bosque das Corujas...

Solitário no Bosque das Corujas, Horroroldo continuou sonhando acordado. Certa noite, avistou um grande objeto luminoso no céu.

– O que é aquilo? Parece uma... banheira voadora!

Pois essa imensa banheira voadora veio pousar na beira do lago. Uma porta se abriu e lá de dentro saiu uma giganta verde, com cabelos vermelhos e fulgurantes olhos amarelos.

– Que criatura formosa! – Horroroldo ficou deslumbrado.

Ela abriu um sorrisão com dentões amarelos:

– Salve, terráqueo! Meu nome é Groah, sou uma guerreira orga, do planeta Orgo. Quero convidar você para um torneio no meu mundo. Nós, as orgas, fazemos uma grande competição todo ano, e o prêmio para a vencedora é casar-se com um ogro terrestre, que são os mais belos do universo. Você quer ser o "prêmio" do nosso torneio deste ano? Já adianto que você vai se casar com a vencedora, a maior e mais bela guerreira orga de todos os tempos, que, por acaso, sou eu. Topa?

Horroroldo adorou a proposta:

– Mas que planeta avançado o seu! Claro que sim! É pra já!

E assim terminou a horrível história de Horroroldo no planeta Terra. E começou outra, muito mais feliz, no distante planeta Orgo. Uma história que alguém, algum dia, ainda vai contar.

Akira Nishimura

LUIZ ROBERTO GUEDES

Poeta, escritor, tradutor e letrista, Luiz Roberto Guedes escreve para pequenos e grandes. É autor das histórias mirabolantes de *O livro das mákinas malukas*, e dos divertidos poemas de *Planeta bicho: um almanaque animal!*.

Para os mais graúdos, publicou vários livros "assombrados" como *Lobo lobão lobisomem, Treze noites de terror, Armadilha para lobisomem, Meu mestre de história sobrenatural, Viajantes do trem-fantasma*, entre outros.

Como letrista, usa o nome de "Paulo Flexa" e tem parcerias com vários compositores brasileiros.

Ganhou o Prêmio Escriba de Contos (1997), Prêmio de Poesia Lilia Pereira da Silva (1999), Prêmio de Poesia Helena Kolody (2001) e o Prêmio Nacional de Contos de Ficção Científica (2007) da revista *Scarium*.

Nasceu e vive em São Paulo, tem duas filhas e um gato siamês chamado Fred.

Arquivo pessoal

ORLANDO

Artista gráfico e ilustrador, nascido em São Paulo, em 1959, Orlando trabalhou em quase todas as publicações da grande imprensa, e foi ilustrador do jornal *Folha de S. Paulo* de 1985 a 2011. Já ilustrou mais de 60 livros infantojuvenis e é coautor de *Livro dos segundos socorros* e *Não quero dormir* – finalista do Prêmio Jabuti de 2007 nas categorias Ilustração e Melhor livro. Foi vencedor do Prêmio HQ Mix de melhor ilustrador nos anos de 2001, 2005 e 2006, e artista homenageado no FIQ – Festival Internacional de Quadrinhos de Belo Horizonte de 2007. Produziu séries de desenhos inéditos para mostras individuais, entre elas: "Como o Diabo Gosta" (1997) , "Olha o passarinho!" (2001), "Uns desenhos" e "Ôtros desenhos" (2007). Em 2008, fez uma exposição retrospectiva de 30 anos de trabalho, como artista convidado do 35.º Salão de Humor de Piracicaba.